小白

2022.12.12

时光寓言

小白先生　著

SPM 南方传媒 ｜ 花城出版社

中国·广州

图书在版编目（ＣＩＰ）数据

时光寓言 / 小白先生著. -- 广州 ： 花城出版社，
2023.1（2023.1重印）
　　ISBN 978-7-5360-9839-8

　　Ⅰ．①时… Ⅱ．①小… Ⅲ．①散文集－中国－当代
Ⅳ．①I267

中国版本图书馆CIP数据核字(2022)第234586号

出 版 人：张　懿
责任编辑：林　菁　杨柳青
技术编辑：薛伟民　林佳莹
封面设计：迟迟工作室
封面题字：谢光辉
内文摄影：小白先生　乐领生活
　　　　　Carly　Lawrence

书　　名	时光寓言
	SHIGUANG YUYAN
出版发行	花城出版社
	（广州市环市东路水荫路 11 号）
经　　销	全国新华书店
印　　刷	广东鹏腾宇文化创新有限公司
	（广东省珠海市高新区唐家湾镇科技九路 88 号 10 栋）
开　　本	880 毫米 × 1230 毫米　32 开
印　　张	7　1 插页
字　　数	110,000 字
版　　次	2023 年 1 月第 1 版　2023 年 1 月第 2 次印刷
定　　价	59.80 元

如发现印装质量问题，请直接与印刷厂联系调换。
购书热线：020-37604658　37602954
花城出版社网站：http：//www.fcph.com.cn

自序

点一盏灯

一花一世界，一界一重天。

在时间里停留，让我们内心颤动和柔软的，是季节的阴晴冷暖变幻，还有记忆里那些明亮有趣的风物。

故乡的小河、竹林、黄狗、萤火虫和伙伴们无忧无虑的笑脸。少年时的旋转木马，斑斓烟火，还有母亲手作的家常食物。青春期的千纸鹤、录取通知书，还有羞赧的微笑，悸动的牵手。中年时鲜花簇拥的舞台，觥筹交错的美酒，海边的惬意和浪漫，还有偶尔遇见的没有尽头的暗夜与孤独。暮年陪伴的身影，对望的眼神，红彤彤的夕阳和江对面柔软的风。

时间无情，却让人在春花秋月中体味喜怒哀乐。

时间也许是人间最大的秘密。我们在其中，惊鸿一瞥，也多姿多彩。

我们赤手空拳而来，也终将无牵无挂地离去。中间的所有故事，似乎都交给了时间，我们在时间里长大和衰老，微笑和哭泣，激越和颓丧，热望和失望，炽热和冷酷，拥有和失去，相聚和离别……

我们用一生了解自己，接纳自己，与自己对话和拥抱，丰盈自己，也失去自己。我们解决了自身的忧虑和倾轧，会多么轻盈；我们找到了向上生长的道路和方法，会多么欢乐。

时间不语，却让人演绎了几乎所有的答案。

在旅途中，谁会轻易放弃追逐美好和意义？

荷塘如画，看见颓败荒芜，还是生命的热烈，全在你眼里的意趣和想象。

山间泉边煮茶，指尖婆娑时光悦动，还是冷寂孤单松风凛冽，都因了你的心境和情绪。

柴米油盐，你守拙努力，跨过去就是诗歌和远方。

心海沉浮，你穿过最暗之暗，就遇见清晨的鸟鸣和日光。

旅途中那些小美好，它们或许带来，你坚持下去的勇气。

时间无色，却留给人们悠远宁静的空灵和禅意。

时间也许早就安排好许多的故事。

我们生而孤独，也热爱温暖的怀抱。

遇见那些气息舒适的人，仿佛很久以前，我们就认识和相知，像镜子一样，我们能照见彼此的幸福和哀愁。而那些目光迷离的人，我们仿佛从未走在一条共同的路上。

　　我们迎接生命里那些百转千回的剧情，角色交换，惊魂动魄，因为我们坚定的牵手，用力的对望，轻声的鼓励，月光从未褪色，朝霞从未失去光芒。

　　爱一回人间，我们给彼此在黎明前行走的灵魂点一盏灯。

　　时光不老，只因我们彼此无私的拥抱和照耀。

　　相逢未晚，感恩遇见。

　　欢迎你，打开这本小白先生跨越四年的心灵行走小书。

小白先生

2022年10月18日

目录

时间与风月

自我的觉醒

生活的禅意

拥抱与照见

时间与风月

遇见故事里　最好的自己

此生不管遇见谁，

跨过星空和大海，拥抱喜悦和自在。

你都要努力去遇见故事里最好的自己。

在爱的旅途中，

先拥抱好自己，好好爱自己。

相逢未晚，很高兴遇见你。

童年

　　当你行走万里，看遍异域风情，犹念孩提时村口野花之美。

　　当你拔剑四顾，尝够人间冷暖，才知纯粹如泉的友谊之光。

　　当你王者荣耀，阅尽人间春色，更喜简单从容的粗茶淡饭。

　　小时候盼望快快长大，长大了怀念缓慢又懵懂的童年。

　　闲散的时候盼望有钱，有钱以后，都说时间它去哪儿了。

　　孤独的时候盼望玲珑通达，见过了太多人，还是感叹真心难找。

　　从今天起，任生活桑田沧海，呵护童年，寻找童趣，敬畏童心，养护童颜。

　　且记取，在风雨中做个大人，在阳光下做个孩子。

初
见

　　尝尽人间百味，当我们来到暮年，还是怀念故乡的老母亲在厨房做的热气腾腾的家常食物。

　　看遍郊野春色，当我们感到疲倦，还是为初见的那一抹芬芳怦然心动，为记忆里那一袭暗香牵肠挂肚。

　　见过世间繁华，当我们陷入寂寥，还是怀想童年旋转木马上的喜悦放肆，缅怀在山丘上看云卷云舒的淡然从容。

　　时光的河流，起伏蜿蜒，诸多汹涌，不见终点。

　　唯愿山川无恙，身心皆安，是为自在。

青春

青春，既是外在，也是隐喻。既照见历程，也照见心境。

在青涩中等待秋实，在成熟中致敬童真。

当岁月黯淡，我们还是那个风中的少年。

所有有趣的灵魂，在这一段旅途中，皆因了青春，我们从未丢掉勇气和诗意。

学习之路

当我们从寻常的日子里，开启一段学习的旅程，让空谷变得充实，靠的是知识的不断补充。

当我们知识渊博，阅历丰满，知识就可能上升到哲学层面的考量。

当我们在深邃的哲学思维中游荡，又可能体悟宇宙与生命的更多秘密。

当我们在宇宙和自然的奥妙里不能自拔，让我们返璞归真的，还是人间的江风、烟火和一日三餐。

学习之路，也许，繁华又回归简单，终点又回到起点。

踏春

雪域梅花暖，
春浓荷尖寒。
江心鸳鸟渡，
雨后马蹄欢。

彩虹

记得你生命里，

曾经出现的彩虹。

它绚烂，也无影无踪。

它斑斓，也无味无色。

它壮观，也风中黯然。

它温暖，也冷寂虚空。

那道彩虹，

从来，只在我们心中。

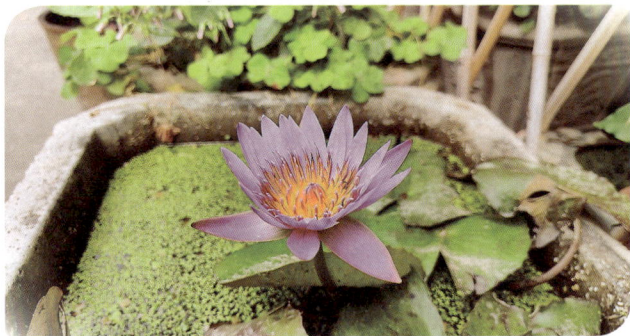

江 南

水央有荷息，
如唔故人语。
击桨寻星汉，
鱼戏轻舟尾。
蓬子堪清逸，
佳人何盈盈。
不记莲塘凄，
唯忆少年心。

夜行荷塘

水畔有荷意，
如闻故人语。
击桨寻星辉，
鱼戏轻舟尾。

如果

　　如果不能盛开成一簇娇艳的鲜花，那就长成一片倔强的苍翠。

　　如果不能守望一个广袤的森林，或许也可以躬身下来，变成一片沃土，滋养一个小小的花园。

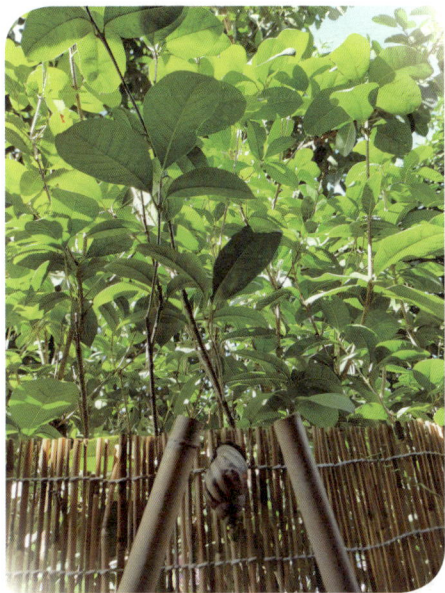

秘密花园

体味生活的艰难，保持淡然、执着和忍耐。

穿过夜色里的秘密花园，

你也许就遇见，那片火焰和大海。

看见

你喜欢莲花芬芳和莲蓬之喜，也别忘记污泥之下藕根的清脆或粉糯。

你慨叹深秋荷塘的残败与寂寞，也别忘记初春露芽尖的绿意与蓬勃。

其实，荷塘只是一面镜子，不远不近，不偏不倚，不明不暗，不冷不暖。

也许，你是什么，就看见什么。你做什么，你就遇见什么。

在这段旅途里，荷塘，不过一直在你心灵的深处。

时光里的生命之花

时光里的生命之花，灿烂得迷人，又荒芜得唏嘘……

1994，梅艳芳带着群星在台上悼念陈百强；

2004，众人唱着《夕阳之歌》悼念梅艳芳。

每个人，都有自己的黄金时代，越过丛林，爬上山丘，再从高处滑落，在红尘中泯然众人，都是故事里的常态。

愿你我，拿得起，放得下去；赢得欢，输得释然。

那是我们，对生命之旅该有的领悟。

时光寓言

所有的当下，
那是未来时空，
跨过千山往回清晰的投影。
所有的遇见，
也不过是关于未来，
一个个需要品味体悟的寓言。

慰藉

　　漫长的旅途中，难求万全。

　　初冬里的翠绿，草丛上的鸡冠，凉风中的鲜提，荒野里的红柿，都是大地，给我们的慰藉和暖意。

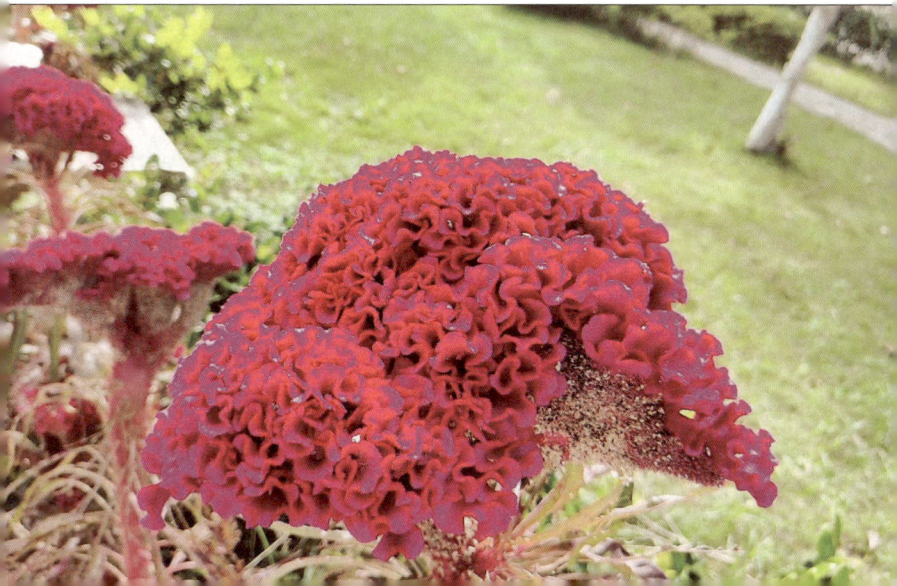

晚安

在人间，
最动人的晚安语，
是"明天见"。
最美的风景，
是日落又日出。

侘寂

当生活被按下暂停键，不必怨艾，不必低沉。

那是时光让你停下来，养养心，内观自己，抬起头，仰望星空。

回归繁华时，愿你仍记取，自己灵魂旅行时的这一段侘寂。

南昆

雾霭依山远，
雁起松涛深。
且烹半壶泉，
吟哦会虫音。

途中的根

从离家的那天起，我们就成了尘世的浮萍。水面之上，碧绿可人；水面之下，漂泊游弋。

途中的根，一直滋养在故园的黄土上，一直牵系在母亲的凝视里。

冬月来临

冬月来临，期待飘雪的日子，也缅怀逝去的夏日。

寒冷让人孤独，容易怀念落寞时入心的问候，还有黑暗里那双温暖的大手。

在萧瑟和冷酷中，其实也涌动着热烈和冀望：荷塘里有淤泥之下沉睡的莲子，天山上雪莲在风中盛放，你和我，也有雪中送炭的暖意。

这个冬天，我们不冷。

在时光的故事里，我们一起呵护彼此的呼吸。

长大

那年冬天，
等的人一直没有来。
我们在一场大雪后，
悄然长大。

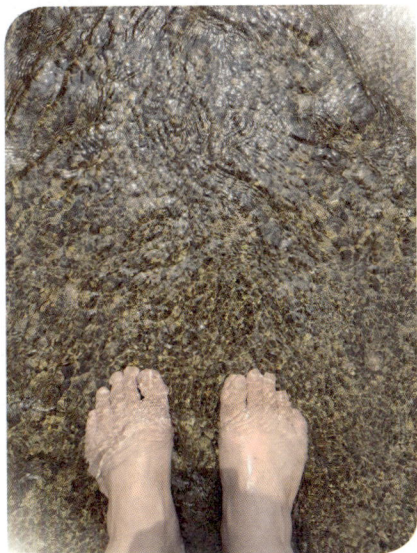

一束光

当一束光照进黑夜，或是海底。

它也许是暧昧，也许是打扰。

如果这束光坚持笃定，从不离去，

那么它应该是陪伴和救赎，

又或许，是时光的启示。

惊蛰

春雷伴着细雨，摇动草下的虫子。

穿越漫长的冬日，大地已经苏醒。

不必沉湎昨夜的缱绻或疲惫，

日光温暖，

蓓蕾暗涌，

车马精神。

你装不装睡，

时间，都已经出发了。

谷雨

谷雨，美好的一天，也仿佛生命旅行的某层隐喻。

五谷是当下的食物，也是从前储存下的善种，也是金秋的收获，更是留给明春的希望。

雨是甘霖，润泽五谷万物，协助长成与通关，成就它们，但自己大道无形，默默不语。从哪里来，就到哪里去。

谷，既是五谷，也可以是为梦想孜孜不倦的旅途中的人们。雨，既是雨露，也是知识和思想，赋予人灵魂，心念和持续前行的养分。雨，也是贵人助力，更是悠远的祝福陪伴。

谷雨，既是善因，也见善果。既见哲思，也见方法。既念过往，也期待下一个春天。

我们既见证谷雨，也是故事里的谷雨，也努力成为别人的谷雨。

夜

夏雨弄竹叶，
鱼动苔草稀。
暗香入茅庐，
煮茶辨星曦。

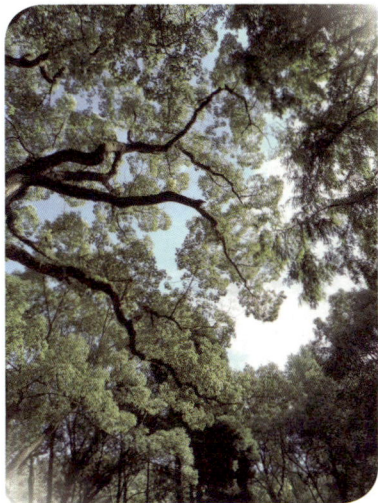

榕树

　　院子里有一棵榕树，在池塘边看见它茂密的根须。

　　时光里，我们用尽全力拔高变粗，却害怕飓风和乱石。

　　如果用心滋养自己底盘下的根须，也用力向下生长和沉淀，你会发现，从此不再畏惧长大，梦里月明星辉。

秋天

你用一生去寻找勋章和丰盈，蓝天和星空。

只是寒暑久，金秋短。

不如，做一尾阳光下的狗尾巴草，自由自在，随风摇曳，身无挂碍，左右皆安。

秋天，从来在你的心里，触手可及，温暖而灿烂。

白
露

"露从今夜白，月是故乡明。"

今日白露，多少人，因为杜甫先生的这句诗，回望故乡，缅怀过往。

故乡，是记忆里永不消逝的出生地。古井，小河，竹林，黄狗，儿时美食，念念如旧，全在心中。

故乡，是年长的父母。父母在，乡情浓，有底气，姐妹情深；父母不在，故乡便变得遥远而陌生。

　　故乡，是曾经患难与共的发小同窗。任俗世疾风骤雨，也携手同行，目光笃定，静看云卷云舒。

　　故乡，是最初的梦想。生活太多诱惑，走过千山，才发现最美的风景，在出发的时候。呵护初心，不忘本我。

九月，你好

　　九月的第一天，早晨送孩子回学校，看着他的背影。你也许蓦然发现，释放了，解脱了，甚至流下喜悦的泪水。

　　从被拘束的时光里，各归其位，各得其所，平凡的生活水波粼粼般泛出自由写意的光。

　　九月，你好。

　　其实，我们都是红尘行旅中的学习者。

　　少年时，我们希望未来看世界之大。我们学习知识、技能、逻辑、敏锐和爱的能力。

中年时，我们希望经营人间之美。我们学习精进、责任、分享、宽容、善良和爱的力量。

晚秋时，我们希望不留遗憾。我们学习与生活和解、通达、明亮、慈悲、传承和爱的厚度。

九月，你好。

我们一起出发，做时间的朋友。

彼此注视，眼神温暖，

脚步欢快，书包轻盈。

圣诞快乐

何谓"圣诞"？是不是可以有这么一种解释。

初心质朴，本我善良，敬畏天地，助人度己，愿念少瑕。所有的奔忙和努力，只为遇见故事里最好的自己。

　　洁净的"圣",既袒露心念,也贯穿行动。

　　每个生命生而不凡,只是在庸碌的旅途中,我们经常迷惘和失落。唯有那些纪念日,让我们想起过去闪亮的日子,和心灵深处温暖的悸动。

　　隆重的"诞",既是平凡时光的祝愿日,也照见漫长旅途的仪式感。

　　愿时光欢喜,愿你圣诞快乐。

全部

你逃离今夜，当黎明到来，依稀还是那片
混沌。

你奔行一路，到达终点，却发现回到出发的
地方。

当青丝变成白发，你会发现，途中的风景，已
是全部。

遇见深圳

福田种福田，
宝安得宝安。
大鹏起大鹏，
南山见南山。

我在这里

风来或不来，
时光在那里。
你来或不来，
我都在这里。

自我的觉醒

勇气

在大海里寻找火焰，

在荒漠中守望星光。

用一把木剑刺破长夜，

带一身芳草回到故乡。

不灭的勇气和梦想，

是我们这一生，

最闪耀的勋章。

善

一日之善是为觉醒，
一季之善是为坚持，
一世之善是为哲学。
坚持善良的底线，
相信善意的力量，
期待善念的结果。

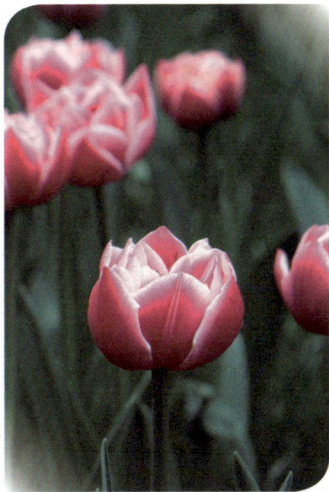

未知的自己

走遍千山，寻找海中的火焰。

历尽沧桑，相信人间的慈悲。

故事里，风波定，心意暖。

清风拂面，笛声悠扬，水阔天高，莲叶田田。

愿你，遇见未知的自己，还有明天。

召唤

　　世间如果有灵魂，它多是在另外一个空间沉睡或休克。

　　红尘中行走的你，是灵魂在时光里的投射，你坚持爱和善良，坚持学习、磨砺、忍耐和付出，遇见故事里更好的自己，是为增加灵魂的厚度和纯度。

当有一天，你遇见那从天而降的一束光，你也许会幸福地哭泣。

那也许是你从未见过的模样，但它永远不陌生，那是你的信念和善良召唤来的祝福和护持，是你养护和修复的自己的灵魂之光。

初心

你的初心在哪里，梦想的大厦就该建造在那里；

你的能量在哪里，作用的结果就呈现在那里。

问清楚你的初心，以及自己有多大能量，轻装出发吧。

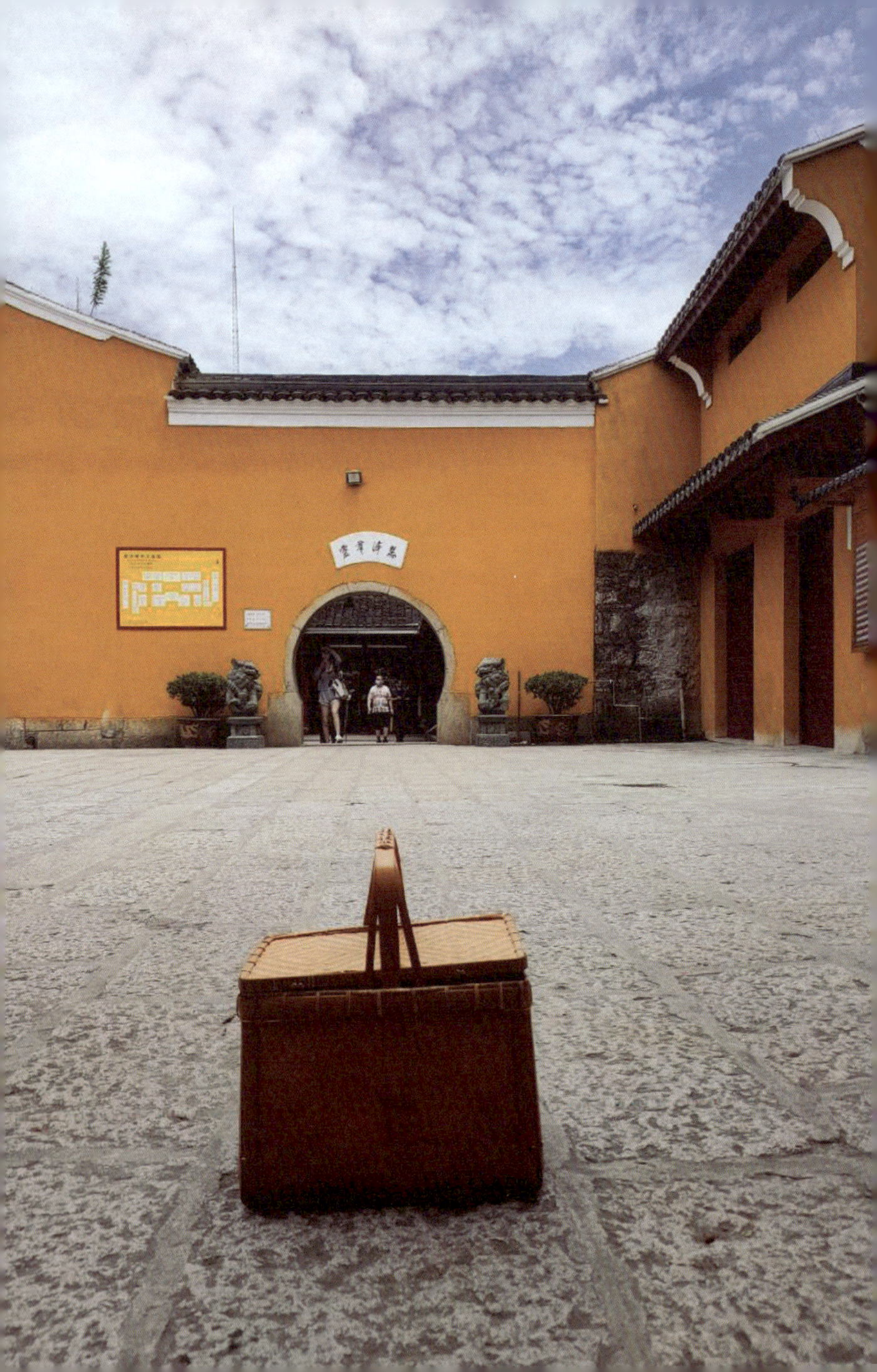

修行的原动力

　　红尘中人，修行的原动力从何而来，答案之一也许是：爱和恐惧。

　　我们盼望爱得忠诚，爱得纯粹，爱得优雅，爱得久远，爱得从容，爱得绚烂，爱得不凡，爱得无悔……

　　过于完美的愿望，背后也许就是广阔的阴影。

　　于是，在爱的故事里，我们恐惧背叛，恐惧纷繁，恐惧粗鄙，恐惧简陋，恐惧短暂，恐惧局促，恐惧苍凉，恐惧庸常，恐惧怨艾……

　　爱和恐惧，仿佛火焰和海水，交相生灭，如是轮回，方有修行。

抵达丰盈之前

没有人不盼望生命的丰盈，但丰盈何时到达，惊喜究竟有多少，能持续多久，普通人根本无法估量。

我们不妨提前做好准备：

让身体更强壮灵动，保持积极向上的心态，培养规范如仪的姿势，定向深入学习提升，改变自己的不良嗜好，克服恐惧、怯懦和贪婪，排除各种不安稳不确定。

若如此，一切都将水到渠成，生命离丰盈不远，你离爱和幸福不远。

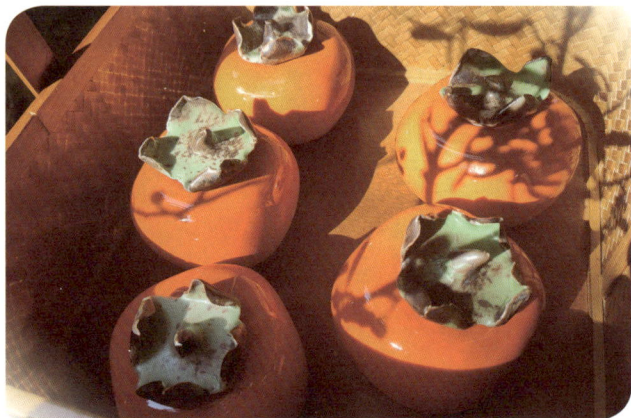

欲望

　　生而为人，我们难免有大大小小，或明或暗的欲望。

　　低层次的欲望实现，比如喝酒，比如文身，放纵自己就唾手可得。

　　高层次的欲望，比如保持卓越的生命状态，比

如在专业领域有所成。如果要实现，你必须坚持笃
定，克制忍耐，自信阳光，跟更优秀的人在一起，做
时间的朋友。

　　你说是不是？

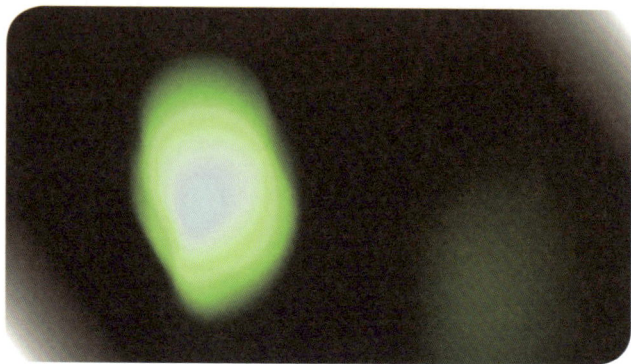

内观

相聚为了告别，

智慧为了混沌。

炽热为了冷酷，

得到为了失去。

在黑洞观银河，

居繁华悟侘寂。

小白已是大安，

小梦已见琼楼。

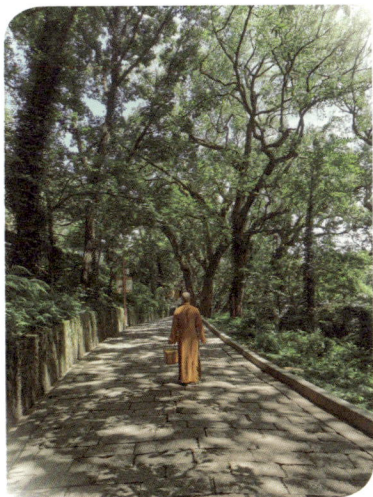

觉
醒
之
路

如果生命，是一段悠长的觉醒之路……

唯愿有阳光从森林之上，穿过密密麻麻的枝叶，仰望片刻，它们就洒落头顶。

有一壶茶，仿佛天上的泉水，心安时就闻见浮动的茶香，和流动的韵律。

有一抹绿意，无论清晨黄昏，无论沧桑喜悦，点滴错落，生长得自由自在。

有一个暗红的茶器，在冷酷世界的另一头，或是身边，始终热气腾腾，袅袅又温润。

当然，还要有敞开心扉、有趣睿智的我们。

仿佛初见，也仿佛重逢；

学会拥抱，也学会哭泣；

享受相聚，也享受别离；

沐浴日光，也沐浴星辉；

温暖对方，也温暖自己。

那一定是值得时光停留，在未来，也被我们深深回望的一段路。

觉醒的障碍

觉醒之路，最大的障碍，在过往之假象，经验和执着。

岩石若无罅隙，日光何以照入峡谷。

水下若无暗涌，四海何以平川，天下纵横。

心中若不放空，何以迎接智慧和通晓，雪后新绿，浴火重生。

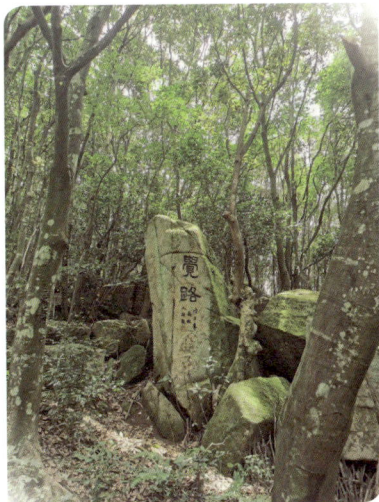

无常

当你希望遇见未知的自己，

一定要知道，

那里未必有诗歌和远方，

请先准备好接受失去和挫败的勇气。

灵魂之路

嫦娥下凡尘，只为修复灵魂的瑕疵。

吴刚望月，是为增加灵魂的厚度。

旅途中，所有的遇见，和心灵的阴晴哀喜，

是灵魂锤炼和粹化的必经之路。

若耽情绪，何谈名利。

若搁名利，遑论生死。

孙行者

在生活中修行，是为唤醒内心的天使，驱赶内心的魔鬼。

天使未必是老好人，也须知可为不可为。

魔鬼也未必是大坏蛋，但须知可取不可取。

孙行者难免要肉搏六耳猕猴。

一时打不过，也请别忘了，自己还是那个孙行者。

悟空

人海沉浮，犹见宝藏。

走遍千山，始沐天泉。

万象明朗，方悟空灵。

心无挂碍，才遇喜悦。

选择

生活只是一面包罗万象的镜子，

任何时候，好的心情，

都不过是自己的选择。

最佳通道

许多人沉湎在某种惯性生活的状态里无法自拔，为之茫然、不满、焦虑和惶恐。

我们未必知道，当下也是永恒，是过去日常的凝聚和投射，也是往后余生的隐喻和钥匙。

如果你茫然、焦虑、不满和惶恐，或许应该内观自己，能在坚持中迎接改变，还是该换一种新的活法。

不管如何，寻找智慧，仰望星空和大海，然后踏步向前，才是脱离生命力沉沦的最佳通道。

学会止语

我们的嘴巴多比脑子快了，不如适当学会止语。

真正认清自己的人，他会变得寡言少语，不再随便教化别人。

他始终先内观自己，心雅自生，而不是口舌如簧。

像爱护自己生命一样呵护自己的价值观。

坚
强

见过太多的都市女性，无比坚强韧性，

仿佛能兜住几乎一切不如意，

然后自己掩门默默垂泪，疲惫中迎接天明。

男人都很忙，难免照顾不到你的情绪，

而且生活本来太多假象，你的坚强，也是你的

软肋你的伤。

身无挂碍

身无挂碍，心里有风景，眼中有火焰。
便无惧于——
穿过萧瑟的清晨，寂寥的田野，午夜的街道，
无人的沙滩，以及喧嚣的人山人海。

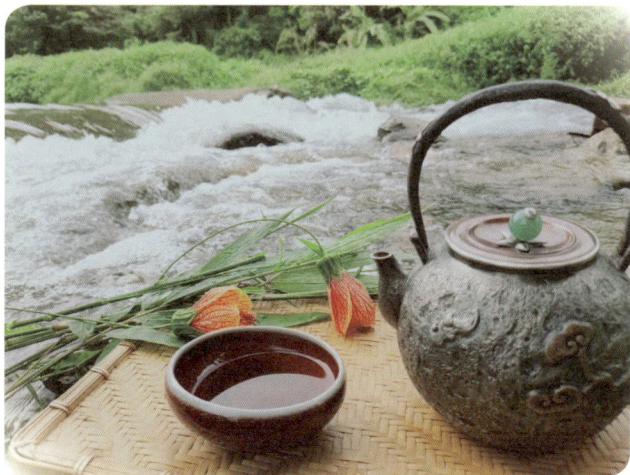

修与行

修行，可别光"修"，不"行"。

似曾相识，仿佛涅槃。

多数的美好和体悟，都从行走中来，

它不在自我想象和公式化的学习里。

缓慢

　　如果你长跑，停歇下来，空气是清新的，温水是有滋味的，花朵上跳跃着小蜜蜂。

　　如果你跳舞，炫动旋转以后缓慢下来，宁静如同一尊雕像，你会迎来高光时刻，掌声响起来。

如果你恋爱，坐遍旋转木马，看尽世间繁华，在星空下小河边，才知柔情似水，此生可待。

如果你奔忙生活，缓慢下来，简单一些，才知美食之意不在唇齿在心间，才知优雅为何物，才看见自己的磨砺、沉淀与长成。

静 夜 思

总有
一片皎洁，入夜静放。
总有一场飘雪，为你而来。
总有一个良人，围炉夜语。
总有一段天籁，声声入耳。
总有一个刹那，眼角湿润。
总有一个明天，喜悦灿烂。

误
会

对于生活和爱意，我们也许有一些误会，如泡如影。

我们也许从未真正拥有，因为华衣美墅和佳肴，谁也无法带到另外的时空。

我们也许从未失去，因为爱意拥抱和祝福，总会以你不可预见的方式蓦然归来。

我们生而孤独，却从未寂灭。

旅途风霜一路，也明月在穹。

在爱的半山花园路口，且记取，我们眼神温暖，手尖婆娑，心有繁星，踏风如歌。

仰望

　　麋鹿畅行林间，树叶堆里的小蘑菇，和山边的泉水，足以让她渐渐成长和小欢喜。

　　不过她也经常抬头仰望，灿烂的日光穿过密密麻麻的树叶，斑驳又闪耀的光芒，点燃了麋鹿的双眼，让她更有勇气去往丛林更神秘的所在。

夜晚，月光和星辉更像一床温暖的被子，盖住麋鹿身体最柔软的地方。

生命的旅途中，最值得感恩的，是那些让你开悟转念的人。

因为她们，我们仿佛麋鹿，可以仰望头顶的光，多了一些变成神兽的可能，那么浪漫又放肆，那么幸福又充满想象。

不要将自己丢到世界尽头

你挨过饿，所以体恤别人吃不饱。

你淋过雨，所以总记得帮别人撑伞。

你听别人倾诉，自己心里的垃圾却来不及倒出去。

生活中，你不太会游泳，就不要去救溺水的人；

自己失眠，就别陪人数星星，度过漫漫长夜；

爱的旅途中，不时提醒你爱的人寻找到勇气和信心。

暖了别人，也别忘了陪伴自己，别将自己丢到世界的尽头。

呼吸

最朴素的躯壳里，

能长出梦想和灿烂，

是因为它能在淤泥和孤独里，

长久保持静谧的呼吸。

匹
配

不必执着于绝对的匹配，或命运女神赐予的优越与高远。

奠定坚实的基础，保持乐观的心态，做超乎寻常的准备，丢掉陋习和幻想。

你就可能遇见山丘下的宝藏，也可能让自己在岁月的河流中被莲花簇拥。

智者和普通人

独处时，

每个人都应该努力成为一个智者。

人群中，

我们还是不如选择做一个普通人。

痴人说梦

不灭的勇气，一定包含直视自我的伤缺，努力
去弥补修复的决心。

梦想也不仅是乌托邦式的浪漫，

若不能克己忍耐，勤勉精进，敬畏有爱，

换位思考，宽容自如，

梦想不过是痴人说梦，画饼自欺。

莫求神通

八岁的孩子，无法给他几万元出街买东西。

十八岁的孩子，不可掌握大型武器。

二十五岁的年轻人，不能给他家族传承的宝箱。

世间若有魔法师，他还需作为魔术师生存和喘息。

世间若有神通，也皆呈现为智慧具足，明亮通达，去来皆喜。

世人急切，总是希望拿到最好的技艺。

但无论如何，也须知自己是红尘中的一枚俗人。

莫求神通，但得智慧，足矣。

阴 影

在庸碌的生活里，

平凡之人能收获结果，

不是秉性异于常人，

多是他们无畏日光投射在身后的那片阴影，

且又及时修复了生命中的伤缺。

林深见鹿

林深时见鹿，
海蓝时见鲸。
若你无法找到内心的宁静，
雨后若有甘霖，
它冲不进铜墙铁壁。

发光的人

我们生而平凡，终将寂灭。

不如，在漫长的旅途中，

努力做一个发光的人，

遇见静谧，遇见晴朗，遇见彩虹。

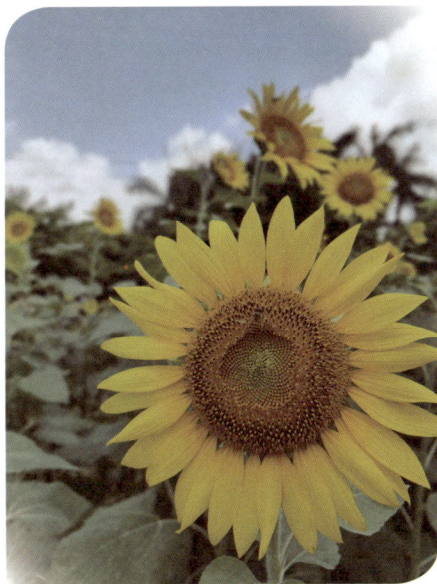

小白心法

在生死中，需要有身体。

在困苦中，需要有方向。

在发展中，需要有智慧。

在富贵中，需要有善良。

在饥饿和疾病面前，众生平等，不同的是抵抗力和忍耐力的高低。

不躺下来看着医院冷清的天花板，我们往往忘记关切自己疲惫的身躯。

你在时光的河流里打捞喜悦，岁月的神偷在你额头上留下黯然。

从今天起，呵护自己的身体，为了明天更有趣的安享和遇见。

所以说，在生死中，需要有身体。

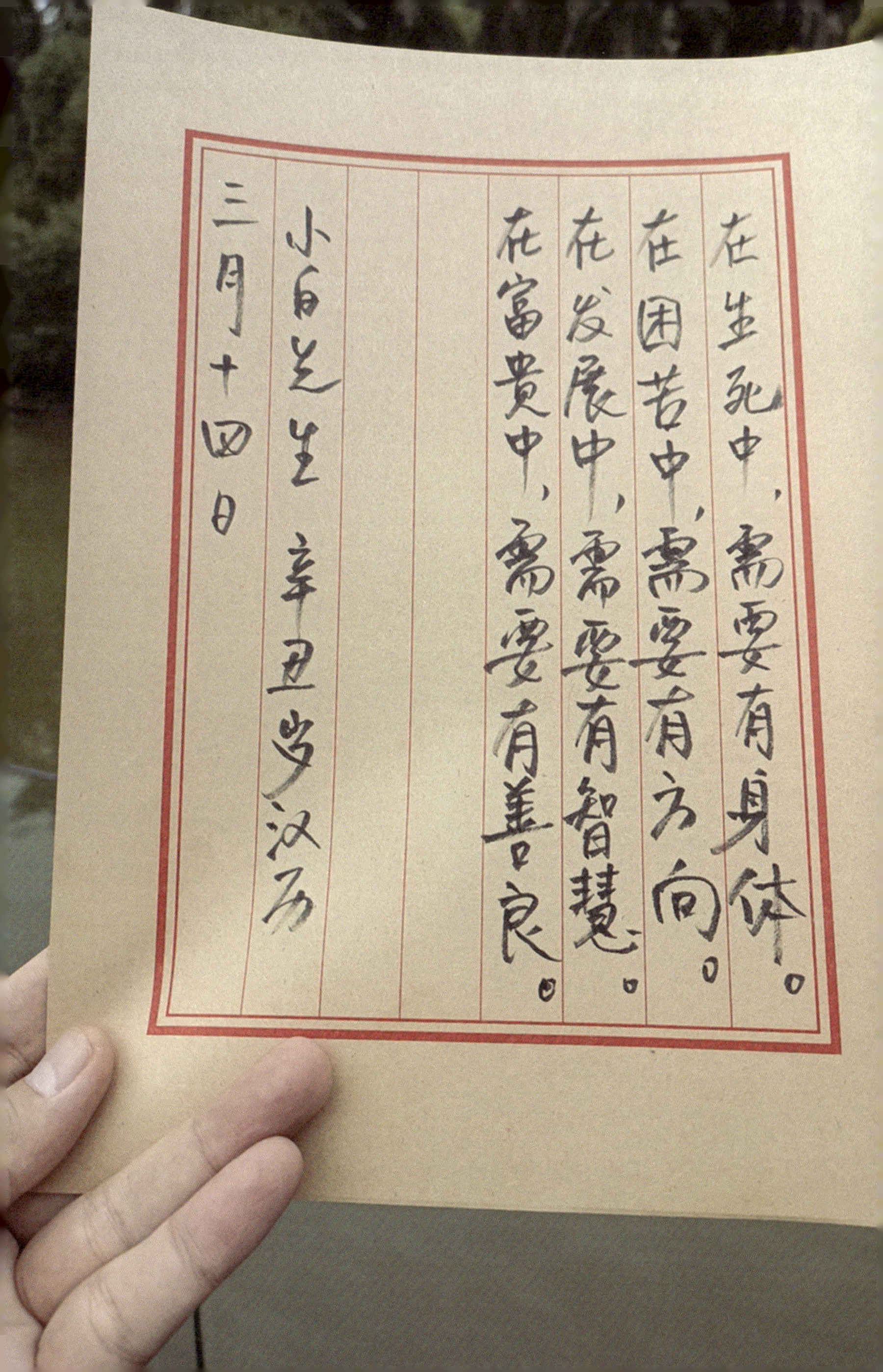

在生死中，需要有身体。

在困苦中，需要有方向。

在发展中，需要有智慧。

在富贵中，需要有善良。

小白先生 辛丑岁 汉石

三月十四日

孙行者擅七十二变，是为迎接九九八十一难。

一场远足所谓成功，无非是站起来的次数，比倒下去的次数略多。

火车不能一直提速，生命遇见困苦，本为常有。

若能在百十种可能里，心无旁骛，甄选出突围方向，用好有限的资源和力气，奋勇前进，说不定一夜醒来，已是越过山丘。

若在泥潭中，顾盼左右，宝玉和鲜花，婵娟和锦绣，仍万千种不舍，那些不可承受之重，你或许，也该承受。

所以说，在困苦中，需要有方向。

生活中有所成，许多是单枪匹马浴血闯关而来。

一花一世界，一界一重天。

若在新的一重天里，你仍要做运筹帷幄的诸葛先生，又要当奋勇厮杀的赵子龙，还得自己喂马磨枪耕田。

在新的奋斗区域里，你或许将分身乏术，失措彷徨。

若得智慧，你能气定神闲海阔天空，听诸葛先生献锦囊，令旗挥猛将如云调度有方，激越冲动时也能忍受身边人拉一下衣裳。

如是，越过山丘，便能豁然开朗。

所以说，在发展中，需要有智慧。

今生缘何有所成？

许多人的理解也许局促。

须知平凡人今生之富贵，须沐祖荫，祖荫下有福田，福田择善种而滋养。

漫长的旅途中，得贵人扶携，自己奋勇努力，乐于分享，善待他人，方能成就一番事业。

在富贵中，若无善良，

既忘初心，也疏传承，来去两茫茫。

既易妄然，也常虚空，风中背影孤单。

所以说，在富贵中，需要有善良。

生活的禅意

若
不
知

若不知轮回，且看春夏秋冬。

若不知无常，且看喜怒哀乐。

若不知因果，且看贫富美丑。

美好的生活

美好的生活，它未必是激越和放纵，奢华和诺言，诗歌和远方。

它应该是，柴米油盐，四菜一汤，星月暖度，夜梦吉祥。

它还是，黄昏的踱步，晨早的清风，慵懒的陪伴和守望。

举重若轻，在平淡的时光里发现惊喜。

静心去欲，将纷扰的红尘当成修行的道场。

世间若有魔法师

世间若有魔法师，他必须以魔术师的方式生活和旅行。

闪亮登场，精彩演绎，轻松改变，给人群带来欢笑，也须要接受戏谑和挑战，以及闭幕后的冷寂孤独。

世间若有佛，他其实是你不断锤炼自己，

更加本我俱足，智慧慈悲，度人度己，

苍穹之上或心灵深处的一束光。

那束光，温暖非凡，无形无影，恒久不灭。

镜子

爱的旅途中行走，他人是一面镜子。

他的焦虑，照见你的不安。

他的幸福，照见你的恬然。

他的奋发，照见你生命的能量。

他的颓丧，照见你面对生活的冷寂忧伤。

皎洁的白月光，需要你透过密密麻麻的枝叶，用心去看见。

你要知道，心有多暖，月光就有多暖。

生命如茶

在潺潺的河流边，捡起林间的枝叶，生火煮一壶淡茶。

缅怀来时路上，野果芬芳。

安享当下汹涌起伏的松涛，和对岸的风。

期待远处的星光和泉水，以及生命里那些奇妙非凡的遇见。

在时光的故事里，拾掇纷繁的心事，安静如一杯淡茶。

不耽搁往事的风雨，跟暗夜的痴嗔说"再见"。

拥抱所有的小幸福，向善意和友好说"谢谢"。

祈祷未知的明天，将自己放飞成江中的鹭鸟，林中的麋鹿，或蓝色海里的鲸。

生命如茶，你在江的那头，我在云的这端。

举杯，对望，不需语言，也淡然欢喜。

谁能有夏花一般灿烂久远的美

你喜欢儿时的美食，记得最初的味道和内心点滴的悦动欢喜。

并非食物有多珍贵，是故乡的亲人和童年的回忆，足够质朴美妙。

你珍藏自己少女的美，记得水月般的羞涩，和刹那间的丝丝感动。

并非青春有多么不舍，是心扉初开时的爱恋和恣意放肆的浪漫，刻骨铭心。

什么食物能在记忆里，勾动唇齿的魂？

因为它有母亲的呵护和牵挂，和儿时的天真与幸福。

谁能有夏花一般灿烂久远的美？

那不过有人一直爱着你，或是曾经勇敢地爱过你。

你和平台

若是优秀的平台成就了你，且记得感恩，

若不明清泉涌于何处，到时，换谁上其实都一样，你可能被打回原形。

若是你让平台变得更卓越，且记得分享，

因为事成本非一人之功，独食将让贵人散如云烟，平台土崩瓦解。

若是你创造了巨大的平台，且莫狂妄，若不明恭谦，

以为自己神将入凡尘，说不定哪天你和平台就被拔去做药了。

一人一世界

一茶一江海，
一念一苍穹。
一叶一菩提，
一人一世界。

简单

　　离开那些不着边际的社交圈，做很多的事变成做一件事。

　　把忙碌的生活过得从容，满桌的佳肴也可以换成小葱豆腐。

　　你会发现，少也是多，简约里有无穷的快乐。

观心

不惑至明，自在余庆。

历坎通融，苔如莲开。

生由灭起，欣从悲还。

所有还无，所去乃来。

一心一菩萨，一世一观音。

一草一遇见，一念一涅槃。

物 由 心 造

雾霭依山朗，

雁喜松涛昀。

且烹半壶泉，

境从念起，

物由心造。

夜色里，

一地月华，

一地芬芳。

法
门

许多朋友纠结在红尘中应该修哪个法门，

哪个法门对自己帮助最大。

岂不知，在学派或宗教的顶端，四通八达，

圆融交错，都教人智慧、快乐、善意和丰盈。

不如放下纠结，

以儒为表，有礼有仪，丰盈圆满；

以法为内，敬天循矩，端庄周详；
以道为本，求善逐真，精进卓越；
以禅为理，通透自在，来去如风。
若如此，
一个人将更接近内外兼修，
在纷纷扰扰的红尘山海中，
站成一道别致的风景。

领
悟

若不知敬畏，盼真心何用？

若不明因果，求神佛何用？

若不得智慧，拥灵通何用？

若

若一往义重，便一往义重。

若一返情深，便一返情深。

若一去不回，便一去不回。

若一来无痕，便一来无痕。

观照

心中有菩提子，
方见庭前菩提树。
心中有莲花，
方晤莲座之上观世音。

反观

若不能宁静，何来皎洁。

若不能明亮，何来自在。

若不能慈爱，何来恒久。

若不能放下，何来不朽。

笑与泪

人到中年，主要区别在于：

你是笑中含泪，还是泪中带笑。

你是在风中被刺疼，

还是疼了仍在风中跑。

是在暗夜里冲向黎明，

还是沉湎在黎明前的暗夜里。

小美好

记得去发现，旅途中那些斑斓的小美好。

它们或许带来，你坚持下去的勇气。

漂泊

生活的场景不时轮回，

像极了电影里镜头不断闪回时光的故事。

许多时候，我们是不是像演员一样，

在没有意义的漂泊中，不断欺骗自己。

一面罔顾自己的能力，怀着无尽的理想，向更

远的远方出发，

另一面，永远为未来感到彷徨，忘记了自己为

什么出发。

行
脚

山行觅幽谷，
虾动稻香浓。
松深烟云起，
一别几秋冬。

一花一世界

猴子爱吃香蕉，
但它永远不会种香蕉树。
一花一世界，一界一重天。
生活里，不同频、不同界的人，
即便血脉相连，也容易恍若陌路。
从此界到彼岸，除了自身的努力，
更需要气场以及修为的升华。

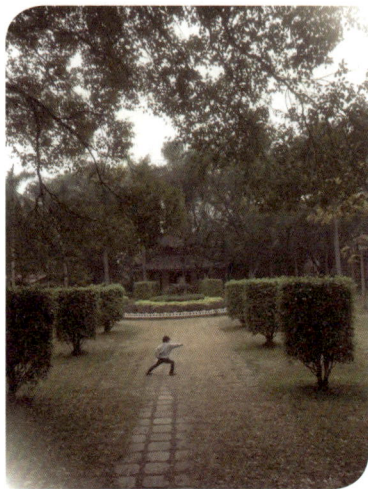

成功

真实的人生，是一次次面对困境，

咬牙，抬头，

眼神坚定地抓住一片阳光和希望。

可贵的成功，

是绕过一个个欲望的陷阱，

无心插柳，

恰到好处地抓到一抹诗意和芬芳。

故
人

风来青鸟远，
马归海魂息。
伴君渡峡山，
犹记豆蔻时。

山
居

但入山中一朝夕，
且忘人间三五年。
云影击瀑野鹜起，
烹茶问道翠竹潜。

林下烹茶

僧去云若隐，
田芜花不休。
掇木煮山茶，
人间又三秋。

夜梦南山

炉畔抚荷念长空，
水边寻鸳啼声远。
马车迎面红尘默，
故人相见已茫然。

景德镇烧窑文

天地感念，活土有魂。

窑神通炁，燃升粹美。

火去沉香，慈悲温润。

匠心之巅，盛世大器。

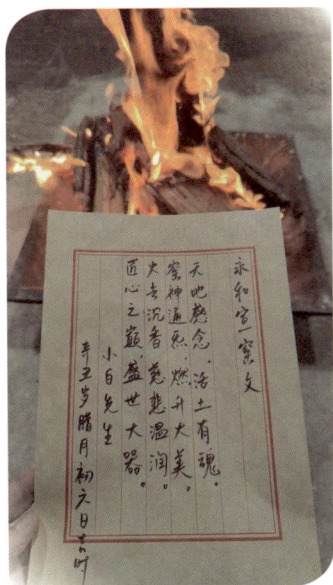

回
归

让野兽回到丛林，
让童年回到原野。
让思虑回归初心，
让情绪回归欢笑。
生命的每一天，
都是明媚的清晨。

不必骄傲

经历一场瘴疫，也是一场坎劫。

它提醒偶尔忍不住骄傲的我们，在自然面前，

大家是一身素衣的平等的孩子。

除了平安健康，其他都是暮雨烟云。

愿疫后，医者重拾父母心，患者不再盼"逆行"。

因为敬畏，所以珍重。

臭豆腐

不泯然众人的老师，

就是一块臭豆腐。

闻其香者，叹人间至味。

闻其臭者，弃之若秽物。

至于何种况味，全在你心，

臭豆腐，还是那块臭豆腐。

苟且中的有趣

苟且的生活，有趣之处在于
——认来时之路，遇未知之己，
读未来之书，爱心动之人，
做未竟之事，梦吉祥之空。

答案

河流不语，旱季萧索，

河滩上那些浑圆秀气的鹅卵石，是答案。

山川不语，冬凉汹涌，一岭御寒，

那些袅袅的炊烟和雀跃的孩子，是答案。

清风不语，心海起了波澜，

或明或暗，风都会如约而来。

江南岸边的苍翠，西北高原的荒芜，

藏地雪域的洁霞，是答案。

时光不语，那些美好激越的誓言，

也许是日光下的泡影，

也许是空气中辗转的蒲公英，

也许是在枝头入冬的柿子，

也许是土地下沉默的蓝田玉。

守望和陪伴，那双温暖坚定的手，是答案。

送别

瘦马鸣秋风，
江东事如尘。
卿行山海间，
抚鬓少一人。

拥抱与照见

遇见

所有的遇见，既有累世的因由，也有今生的发酵。

在离去以前到达，在分别以前相聚，

在哭泣以前微笑，在落寞以前温暖，在寂灭之前燃烧。

珍惜刹那的永恒，不负时光，不负感动，不负遇见。

你是谁，就遇见谁

你是谁，你可能就遇见谁。

你心里有什么，你可能就遇见什么。

旅途中，所有人和事，

多是观照你的一面镜子，

不偏不倚，因为你的心念和坚守，

来到你的身边，

或是，离开你的身边。

故事

故事里，什么角色要在什么时候谢幕，

基本都是剧本里提前写好的，

只是装在导演和编剧的脑子里，

观众被剧情带着走罢了。

生活中许多状况，或许亦是如此。

只是，你是导演或编剧，

还是其中的某个角色，自己不知道而已。

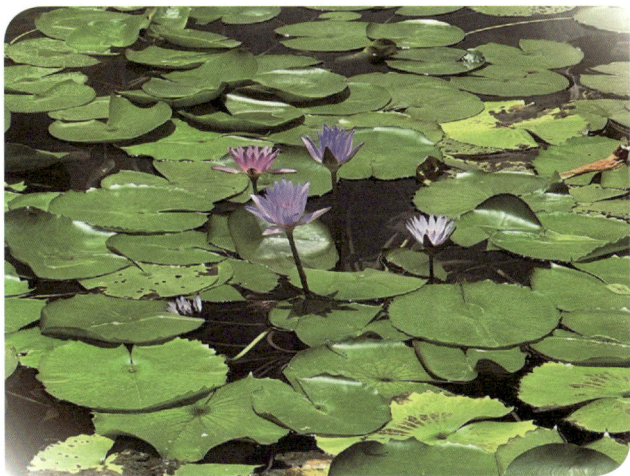

莲喜

　　在人间，最好的礼敬和供奉，是心生莲喜，努力保持善良地活着。

　　亮出自己的精彩，但不伤害他人；

　　量力帮助他人，也不求回报；

不奢望得到更多的情感和物质，因为当下已经知足。

珍惜每一口食物，以及别人的养护，

用心回报，因为它们都足够珍贵。

爱的旅途中，所有福气，本非旅途中天降。

若无累世之功，若无祖荫祝福，若无锤炼之愿，

我们所见的一切繁华，或许只是一场流光泡影。

点一盏灯

当你在相对确定的时间和位置来到这个世界，

身体旅行的轨道也相对确定了。

改变你一生故事的最大变量，

是你一路遇见的那些人。

他们在某些重要的时空伸出一只手，

让你从此变得不平凡，变得更强壮，

更有勇气，甚至一夜长大，胸有清风明月。

感谢你的贵人，也尝试做别人的贵人，

给彼此在黎明前行走的灵魂点一盏灯。

贵人

　　漫长的旅途中，对改变命运最有价值的，

　　一定不是沿途的风景，而是那些从天而降的

贵人。

　　你要积攒多少的福气，才能遇见此生不多的那

几个降维来到你身边，让你愿意打开自己，不断开悟

和成长的人。

真正有价值的贵人，

他未必在最高处，

未必在日光下迎面生辉，

未必滔滔不绝，未必时刻牵手陪伴。

只是你发现，因了他的入心，你不再无力和孤寂，伤口迅速愈合。

你从此目光笃定，心无挂碍，

沿途的风景鲜活美丽，

远方的诗歌嘹亮真实，

心中的图腾浑圆有力。

你值得守望和等待，

那个让你此生获得成就而他人并不可见的祝福和隐喻。

拥抱暗贵人

许多人知道，改变自己人生轨迹的最大变量是贵人。

但人们对贵人的理解，多落于窠臼。

除了给你财富，给你机会，给你鼓励的"明贵人"，

其实，你还该感恩那些你可能遗漏的"暗贵人"。

你才华横溢，他们执着实干拥着你闯出一片天；

你万贯家财，他们融通四海牵引资源；

你白天辛勤耕耘，他们晚上弥补完成通关。

他们用"补"成就你，负阴抱阳，充氤以为"和"。

你奔忙工作，她们帮你悉心照顾老人和孩子；

你长途奔袭，他们咬牙抓着方向盘，

精神奕奕，稳稳当当，一刻也不耽搁；

你享受高光，他们尽责安保，有危险就冲出去肉搏，

甚至为你去死，刹那间，他们甚至忘记自己只拿着无法再微薄的薪酬。

他们就像垫脚石，让你出门不崴脚，让你安心成就事业，

让你高枕无忧，默默陪伴你的家人。

如果你足够善意，你会知道，他们都是你的"暗贵人"。

感恩勉励扶携你的贵人，感谢为你补缺的朋友，

珍惜为你当垫脚石的工作人员。

如此，你在生活中的修行，已近圆满。

桃花正缘

你无比关切桃花正缘到达的准确时间，

以及对方是否足够忠诚善意美好，

而自己却未必着急调整，做最好的自己，来迎
接正缘。

所以许多人身带桃花，却难遇良缘。

故事里那个人出现的时候，

他说相逢恨晚，你说他为爱不够勇敢。

畸恋，何以解脱？

在一段畸形的恋爱关系里，何以解脱？

你也许祈求别人给你狠狠的耳光，以及贴心的抚慰和鼓励。

如果不懂珍惜和自重，别人打你360个耳光，会有血，但哪里会疼？

如果心里没有阳光和暖意，别人给你糖，

你吃的时候，又哪里会有什么滋味？

你不想长大，什么都不管用。

爱，不要走丢了自己

佛说，今生所有爱的遇见，

都是最好的安排，你都无法躲过。

只是，当你用力去爱，用力去拥抱，

用力去做梦，用力去哭泣，

用力去欢喜，用力去远足。

任何时候，在爱的旅途中，你都不要走丢了自己。

信
任

　　人生存于世好与坏，是信任度决定的。

　　信任度是因你坚持而存在的，有了信任度，能力才有价值。

　　人与人之间的信任也是一种杰，

有信任，千山万水也割不断；
没有信任，父子兄弟也反目。
坚持做自己，终会被众人认可，
其他，不用做解释。

礼 物

在漫长又寂寥的旅途中，那些珍贵的人，

你总希望他，将你当成心中的圆月，

掌上的明珠和今生来世的承诺。

只是，你不必过于慵懒冷寂，

轻快的马蹄声和悦耳的风铃，刹那错过，就越
走越远了。

你或许可以把自己当成一个弥足珍贵的礼物：

罕见，高贵，优雅，淡然美丽，仪礼俱全，

让人充满想象，但也不冷漠冰凉。

若彼此珍重，互为生命中的礼物。

平凡的旅程，便更多惊喜，接近圆满。

气味和眼神

爱是重逢，也是分别。

在茫茫人海中，时空交会的刹那，彼此选择，

从此心无旁骛，做对方故事里的那个人。

这是一个古老的仪式，延续了千年。

要做的，只是确认对方的气味和眼神。

当气味变得浑浊，眼神消散迷离。

故事也像初冬的红叶，飘然化为泥尘。

切
换

热爱拥抱，像遇见天使那样。

热爱孤独，像智者那样。

勇敢去爱，像少年那样。

勇敢放弃，像从未受伤那样。

重逢

很多人知道相遇的快乐，却不知道重逢的喜悦。

尤其是相爱过的人。

重逢的人，眼神柔如弯月，轻道一声"别来无恙"，那该多好。

重逢时，我们也许不再是原来的那个身份。

但是我们也许都变得更加美好和宽容。

这样的重逢，悦动于心，是灵魂的重逢。

边
界

想要抓住一个人的心，让对方好好爱自己、陪伴自己、永远都不离开自己……

但你不要忘记，恋爱有边界。

谁都不喜欢不敲门的闯入，

不喜欢梦里被打扰，

不喜欢打破砂锅的询问，

不喜欢被安排生活，

不喜欢长篇大论的讲道理。

每个人都是自由且独立的，这是人性。

当你野蛮地冲入别人的领地，

别人要么反抗，要么逃跑，谁还有心思和你恋爱？

转身

告别你应该告别的，

不需要一丝丝留恋。

迎接你应该迎接的，

心里有淡然的欢喜。

接纳

在爱的旅途中，接纳，永远比理解重要。

先接纳自己，再接纳他人。

接纳了，才能彼此理解、照见，以及真正拥抱爱的力量。

放下

缘于日常生活的庸常，都市女性已习惯痴嗔之问；

又因内心深处的渴望，她们也寻找开悟和成长之法。

于是各种纠缠和挣扎，不见远方景致，只在原处踏步，然后百般焦灼难受。

须知道，美食入口，次日要变成秽物。

漫长的旅行，带的行李无法越来越多。

从今天起，先腾空内心的负累，放下执着的念想，轻松出发吧。

重新开始

帮助你的人，一定是贵人。

拒绝你的人，我们也不必委屈和怨艾，他也许是"暗贵人"。

他只是用委婉又坚决的方式，告诉你事不可为，

也许应该换个方向重新开始。

不求感恩

生活中帮助人，但他们好像不知道感恩，感觉善良白白付出了。

这时候，想想你带孩子喂鱼吧。

鱼不记得谁喂了它，孩子也不要鱼做什么，但彼此都是快乐的。

予人玫瑰，自绽芬芳；

无相布施，度人由心。

示 弱

倘若你学不会示弱，以及跟自己说声抱歉，

知道自己也有力不从心的时候。

总有一天，日光要黯淡，人设要崩塌，不可
收拾。

如果有机会，你要不试试光着脚，在客厅里狠
狠地哭一场。

看看将心里的垃圾一次清空，会怎样。

倔强

面对全世界，

你都很倔强，从不掉眼泪。

面对某个人，

你却需要一点暖，

和一个拥抱。

像丛林里的麋鹿，

仰望原始森林里，

头顶洒落的斑驳的光。

莫比较

在时光的河流里，你与自己比较就好了，

是进是退，是悲是喜，冷暖自知。

他人是一面镜子，照见自己，但焉知冷暖明暗。

记得他人不是来提供比较的。

一旦比较，骄傲、卑微或烦恼，

都不是我们出发时想要的遇见。

投 射

佛相也好，世相也好，爱的厮守也好，皆有万千种。

而你笃定的，也许只是其中的一个侧面。

见识，视角，高度，深度，维度，

还有心境，决定了你看世界得出的结论，

或者说，世界在你心中的投射结果。

看世界如此，爱也如此。

照 见

多想自己是一棵树，脚下踩着最卑微又肥沃湿润的泥土，踏实安稳。

泥土之上，静谧、向阳、敏感又恬然的枝丫，用一生遇见飘荡的白云和优雅的风，还有树下朗朗欢笑的你。

这样的成长，一定是生命中最愉悦的照见和陪伴，明亮坦荡，又窃然欢喜。

探索者

　　如果你选择了喜欢一个人，请你时刻提醒自己，

　　要接纳对方的不完美，更不能将他的缺点放大。

　　因为我们都不是完美无缺的艺术品，也不是生活的鉴赏师。

　　我们不过是，爱的旅程的探索者。

告 别

当一个人飘然离去，
你也许刹那间发现，
红尘也是他们的修行地，
只是，来不及珍惜他就要离开。
他们也是血肉之躯，

但呵护我们的身体发肤，

照见滋养我们的心灵空间。

不如，放下我们的执着和倔强，

接纳他们，理解他们，祝福他们，陪伴他们。

然后，迎着初秋的微雨，和江对岸的风，

我们挥手微笑告别，不留下一丝丝遗憾。

错位

半腹疑虑，盼得对方毫无保留的真诚。

若未如意，难免怨艾，不愿再等半炷香。

五分耕耘五分侥幸，盼得十分的收获。

昏睡中，也指望被月光晒醒。

脚踩数舟，浪荡自在。

盼得其中一轮，

一网下去鱼虾满舱，载晚霞归。

世人之急躁贪嗔，多见于此。

心雅自生

强大的人

没有谁能随随便便成功，不要相信神话，还有超级大运。

身体是一切的基础，努力奋发、做好选择是必要条件，

家庭是避风港，运气和祝福是酵母，

贵人扶携是大助力，重要机会是抓手，

智慧和勇气是通关之"炁"。

若如此，你一定变成一个强大的人，离梦想越来越近。

铜墙铁壁

刚强的人，偶尔关起门来垂泪，仿佛花地上落下春雨。

勇敢的生命，也需要柔软、停歇和圆融。

如果沉湎于悲伤之中，不能自拔，

泪水变成河流，涌动不息，泥沙俱下，一定身心不宁。

如果你拒绝长大，从来觉得自己刚强，

那么，你一定无奈于生活太多的铜墙铁壁，无奈夜梦碎成一地。

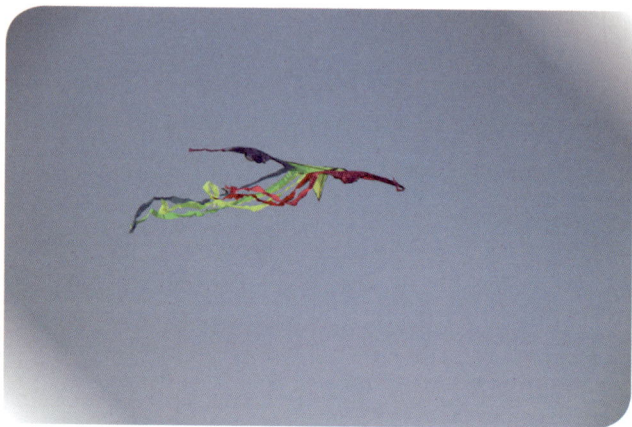

云上的风筝

人情练达，归家默默不语神情黯淡。

高朋满座，举目不见姐妹兄弟。

奔波公益，母亲在千里之外孤老。

云上的风筝，四海皆入目又如何？

线根早断了。

园丁

当你不断往花园里投掷瓦砾和垃圾，

植物不会抱怨你，也不会停止爱你。

但是，它们会停止爱自己，不想生长。

当你忍不住向孩子连续扔去语言的棍棒，

情况也是如此，因为你是她的园丁。

挑食

你说孩子挑食，其实你也有很多不爱吃的，

只是孩子还无力跟你争辩。

你说孩子一直没长大，其实你要学习的路，也

还很长。

孩子是一面镜子，照见你当下的不安和焦虑，

也照见你往后余生的幸福与从容。

威
与
仪

智取熊孩子，当威仪并用。

威在暗处，不须多语；

仪在日常，点滴传送。

遗憾的是，很多家长切换失误，

威在日常，仪在内里。

一片苦心良意，却可能换来委屈叛逆。

秘密路径

很多家长为孩子的成长着急烦闷。

其实，孩子的进步，跟植物的生长多么相似。

什么时候长得快一些，什么时候慢一些，植物有它自己的秘密路径。

如果你不掌握规律，着急施肥也好，催促也好，甚至揠拔也好，

它都长不成你想要的模样，也长不成旁边花坛的景象。

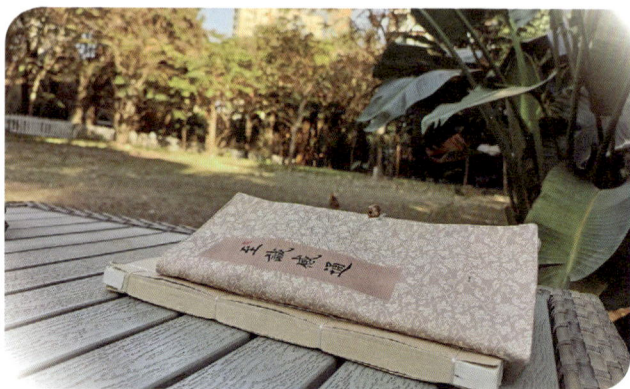

传承

当你老了，将什么东西交到孩子手上？

对于大多人来说，仅仅是财产的继承。

何如在年轻的时候，让他提升思想和认知，

积攒智慧和善良的力量，以及被其他人所需要的生存技能，

把财富、思想和技能交给孩子，这才是真正意义上的传承。

父亲

父亲，一个质朴又特别的称谓。

父亲，既是底线，也可见高度；

既是责任，也有关幸福；

既是当下，也照见明天。

父亲，既见沿途的精彩，又有传承的使命。

既是从前故事，也有关远方的憧憬。

既该仰望，也该被平视和祝福。

既见一马平川，也遇山丘河谷。

如果可以，请用我们毕生的力气，

写好这个男人成长的故事，不急不慢，一丝不苟。

七夕心语

此生不管遇见谁，跨过星空和大海，

你都要努力去遇见故事里最好的自己。

桃花正缘什么时候到，在时光的脉络里，清晰又可寻。

错过，多是懈怠取巧，若你体态臃肿，张牙

舞爪，

　　眼神浑浊，正缘不吓跑才怪。

　　他是正缘，但不见得会是近视眼、傻瓜和慈善家。

　　相信最初的感觉，也去辨别生活的假象。

　　三生石并非没有，它跟执着和笃定紧紧维系。

　　认准后，就得在裤头带上系紧了。

　　看错了，果断扔掉，不纠结不郁闷。

　　跟任何人相爱和远行，都不要像磁铁石一样，

　　用尽全力，只怕对方喘不过气来，你也走丢了自己。

　　瘫下去以后，磁力就一点也没有了。

不要在闺蜜那里倾诉太多，没有什么用，

因为很少有人能介入你们的围城鏖战。

而且你不希望他也这么做。

你我皆凡人，活在人世间。

保持该有的进取心，又抵抗幻梦泡影。

旅途中的诱惑太多了，短暂的隐忍、付出和营造美好太容易，

朝夕的柴米油盐才是岁月之歌。

途中感到疲惫和不幸福，且回首初识时清澈的眼神，

激越的拥抱，朴素的愿景。

收起浮躁的欲望，调整相处的方法，轻松

前行。

世界上没有完全志同道合的两个人，

你自己都会人格分裂，对镜惶然。

足够的敬畏，理解和释然，与他和解，与生活和世界和解，

彼此生发、照耀和慰藉，而不是无度地索取、磕碰和抱怨。

善待他的家人，正如你对他的期待一样。

没有谁能把华衣和佳肴带到另外一个世界，请不要做一个局促的人。他们的掌声、微笑和祝福，是你旅途中的明月清风。

加油，陌生人

我们对世界执着也好，偏见也好，

其实包含了认知的太多假象，和无法抵达的想象。

倒不如做一个豁达明亮的人。

认清生活的艰难，但不放弃追寻自己卑微的快乐。

理解暗夜的苦闷，但不妨碍推开清晨的窗户，

说一声"加油，陌生人"。

爱一回人间

穿过夜晚的冷寂，沐浴清晨的微寒。

收拾团聚的碗筷，赏好烂漫的烟火，我们就要为新的一季，奔忙努力。

时光里，我们像镜子一样，照见彼此的幸福和哀愁。

而这段旅程，与你相遇，就是最好的团圆。

迎着江对岸的风，看天边那轮明月，种下满园春色，静待夏天盛放，秋日收成。

默默不语，我们执着地爱一回人间。

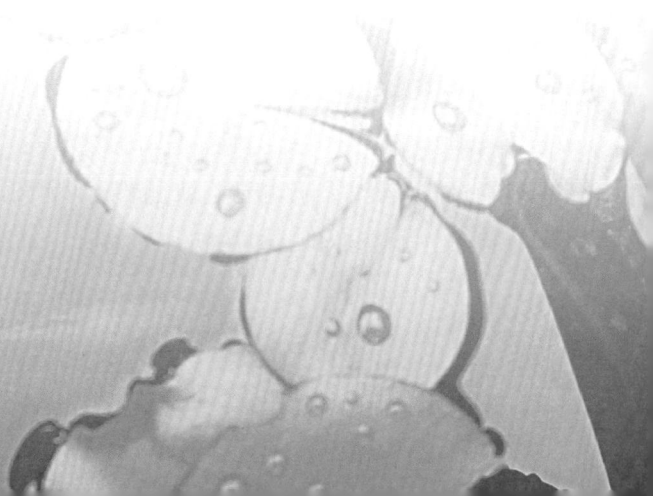

后记

心雅自生

这是一本跨了四个年头，在各种场景下随心写成的时光小书。

作为一名曾经的作者，以及修行成长的探索者，2019年秋天伊始，小白在国内一些城市为企业家群体陆续授课，包含《家族传承的大道正术与良器》《易经国学指导企业战略发展》《女性身心智慧成长》及《职场修行指南》。

授课过程中，小白也为一些企业家朋友做顾问工作，为他们家里人做心理咨询辅导，也与许多的陌生朋友探讨如何更好地提升改变自己，去过美好生活，遇见故事里更好的自己。

一晃，四年就过去了，这个对脑力和体力都要求极高的工作，居然帮助我积累了近万个咨询案例。

其间，在各种坚持努力与不刻意不经意之间，我协助了一些朋友珍惜生命不做傻事，一些朋友从抑郁中走出来变回阳光少女，一些朋友在婚姻崩溃的边缘回归家庭生活，一些朋友调整了工作的方法晋级加薪前途明亮，一些朋友调整心态不再惶惑焦灼内卷，一些朋友在庸常的生活中活出诗意和精彩……

朋友们咨询的内容宽广、琐碎而私密，看着他们从焦虑到释然，从脸色凝重到欢声笑语，出于对他们的尊重和隐私的保护，小白无法张扬他们的交流内容和过程，但其实我详尽地见证了他们的心路起伏变化，实在是有感而发。

于是，我尝试跳出事情本身的琐碎，去总结提炼，写下了一段段心灵感悟。

"菩提本无树，明镜亦非台。本来无一物，何处惹尘埃。"这是小白敬仰的禅宗六祖惠能大师著名的偈子。

在一个时间碎片化和快阅读的年代，文字尽

量凝练、优美以及简短，也许让大家读起来更有共鸣吧。

四年来小白写下的这些句子，可以算是散文诗？

或者是格言？或者是偈子？

或者就是家常话碎碎念？

我不知道，或许也不重要。

在小白看来，只要里面有一两句，你读到以后，心气明朗，会心一笑，对我来说已经足够有意义了。

有一些朋友，在一些特殊的环境下，也希望听听我的声音，所以我也把每一段文字录了下来，大家听一听也可以。

内文的配图，是这几年我游走四方用手机拍下的瞬间，它的意境跟文字或有关联，或风马牛不相及。

但总的来说，这些照片记录的都是热烈灿烂美好的场景，我希望它们能让你们的心灵保持清朗、静谧与欢乐。

相逢未晚，感恩遇见。

感谢这些年一直鼓励帮助小白的贵人朋友们，是你们的祝福和支持改变和成就了小白。

在这里，我就不一一列举你们的名字了，我会用自己的方式向你们致以最深的感恩。

"菩提无树，慈悲有力。苔如莲开，心雅自生"。

这是在过去几年的课堂上，小白说得最多的一句话。

愿每一位朋友，心雅自生，如意欢喜。

跨过高山和大海，遇见故事里最好的自己。

我们继续一起做时间的朋友，谢谢你们，爱你们。

小白先生

2022年12月18日